KB272361

희

희

희

오지영 단편집

희

희

희

북노마드

희희희

1

닷새 전, 수희는 민희의 메일을 확인했다. 수
희에게, 라는 제목으로 보내온 메일에는 출간
을 앞둔 새 시집의 '발문'을 써줄 수 있느냐는
부탁이 담겨 있었다. 원고와 함께였다.

지난 몇 달, 수희는 민희와 통화를 한 적
도 없고, 간단한 메시지도 주고받지 않았다.
메일은 주로 업무와 관련된 용도로만 쓰던 터
라, '보냈다'는 연락조차 없이 도착한 친구의
메일에 마음이 무거워졌다. 첨부 파일을 열자
『말없는 죽음은』이라는 제목으로 마흔여섯
편의 시가 조판되어 있었고, 다 읽지도 않았
건만 주희를 떠올리게 했다.

희희희. 굳이 말하지 않았을 뿐 각자 애도의 시간을 갖는 중이었다. 주희를 보내는 일을 각자의 방식대로 하고 있다고, 그래서 연락하지 않는 거라고 믿었다.

시집을 이루고 있는 모든 글자는 주희를 향하고 있었다. 심지어 여백마저. 그런데 갑자기 시집이라니…… 이 일을 왜 이렇게 서둘러야 하는지 수희는 이해할 수 없었다. 마치 기회라도 생긴 것처럼 주희를 앞세워 써 내려간 시를 꼭 출간해야 하는지 납득되지 않았다.

왜 그러는 거야? 묻고 싶었지만 켜켜이 쌓인 공백 덕에 쉽사리 말이 나오지 않았다. 오해를 풀기 위해서는 단출한 말이 아닌 길고 긴 문장이 필요했다. 노트북에 손을 올려놓은 채로 며칠을 망설이다가 결국 아무 말도 쓰지 못했다. 그럴듯한 거절의 말을 찾지 못한 채 답장을 미룬 지 어느덧 닷새가 지나가고 있었다.

띠리링~ 세탁기에서 흘러나오는 노랫소리에 재빨리 노트북을 덮었다. 마치 빨래가 끝나기를 기다린 사람처럼. 건조대에 걸려 있던 수건과 옷가지를 걷기 시작하자 뽀송한 촉감 대신 여름 빨래 특유의 눅눅함이 손끝에 들러붙었다. 품에 담긴 옷가지를 살짝 들어 올리니 미세하게 퀴퀴한 냄새가 코끝을 적셨다. 아무리 자주 빨아도, 비가 오지 않는 날을 골라 말려도 냄새가 잘 가시지 않았다.

4년 전 여름, 주희가 새 집으로 이사 가면 건조기와 제습기 가운데 하나를 꼭 사주마, 하던 목소리가 떠올랐다. 빨래를 걷는 수희를 누워서 바라보며 건넨 약속이었다. 바로 이 집, 바로 이 거실, 바로 이 자리에서. 수희는 이사를 가지 않았고, 주희는 이제 없고, 올여름은 유난히 긴 장마가 계속되고 있었다.

수건을 툭툭 털고 반으로 접었다. 반으로 또 접고, 세 번을 더 접어 끝을 야무지게 고정했다. 수건을 차곡차곡 쌓으며 숙제처럼 남겨진 답장을 궁리했다. 요즘 일이 많아서, 좀처럼 여유가 생기지 않아서 같은 핑계를 입안에서 굴려보다가 '민희야, 나는 이제 시를 읽고 싶지도, 쓰고 싶지도 않아'라는 말을 턱끝에 얹어놓았다. 금세 언어로 변할 수 있을 만큼 아주 가까운 턱끝에.

그러나 얼른 삼켰다. 생각은 언제든지 문장이 될 수 있고, 문장은 소리를 거치는 순간 말이 된다. 말은 뱉을수록 상처가 된다. 하는 사람에게도, 듣는 사람에게도.

억지로 삼킨 문장이 불편했다. 구역질이 날 것 같아 몸을 일으켜 베란다로 나가 창문을 활짝 열었다. 가는 빗줄기가 조신한 소리를 내며 에어컨 실외기로 떨어졌다. 툭툭. 단조로운 소리. 얼마쯤 지났을까. 문득 뒤를 돌아보니 바닥에 너저분하게 쌓인 책들이 눈에 들어왔다. 마치 소원을 비는 돌탑인 양 쌓여 있는 책탑이었다.

책장은 방 안에도, 거실에도 있었다. 원체 책이 많다 보니 그럼에도 꽂히지 못한 책들이 바닥에 자리를 잡았다. 장마철 습기 탓일까,

다른 책에 눌려서일까. 밑바닥에 깔려 있는 책의 표지가 울고 있었다.

책이 울면 함께 울던 시절이 있었다. 잘못해서 비에 젖기라도 하면, 누가 물 묻은 손으로 만지기라도 하면 그렇게 아까워하던 시절이 있었다. 지금은 아니다. 책은 책일 뿐. 수희는 방구석에 앉아서 남아야 하는 책과 그렇지 않은 책을 나누었다. "책도 경쟁사회군." 누가 곁에 있어도 듣지 못할 작은 목소리로 중얼거리며 스무 권 남짓한 책을 '남지 못할 책'으로 정했다. 절반은 시집이었다. 시집을 정리할 책으로 분류한 걸 보고 이제는 어쩌면, 정말로 시를 놓아줄 수 있을 것 같다는 생각이 들었다.

제목이 잘 보이게 책등 방향으로 사진을 찍고 '당근'을 켰다. '나눔' 카테고리를 택해 적었다.

오래된 책도 있고, 그렇지 않은 책도 있습니

다. 시집이 많아요. 모두 좋은 책입니다. 더 좋은 분들이 읽었으면 하는 마음으로 올립니다.

짧고 단정한 문구에 방금 전 찍은 사진을 첨부했다. 아마 몇 분 내로 당근, 당근, 당근~ 알림이 울릴 것이다. 나눔은 그러했다. 말 그대로 나누는 일이어서 돈을 지불하는 거래보다 훨씬 관심을 끌었다. 하긴 그래봤자 책은 인기 품목이 아니지만.

처음에는 중고 서점에 가져갔었다. 다시 읽을 책이 아니니까. 그러나 신간을 제외하고는 잠깐의 시간이 지났을 뿐인데 구간으로 분류되는 모습이 낯설었다. 16,000원의 책이 1,600원에 매입되었다. 출판사에서 편집자로 책을 만드는 수희는 그 숫자가 아렸다. 몇 차례 마음 쓰림을 참으며 중고 서점을 찾았다가 차라리 나누는 게 낫다고 여기게 되었고, 올해 들어 세 번째 나눔이었다.

당근이 당근 소리를 냈다.

"저 책 가운데 우수연 산문집만 가져갈 수 있나요?"

"혹시 증정용 도장이 찍혀 있을까요?"

"표지를 보니 구판 같은데 초판본 여부를 확인해줄 수 있을까요?"

"무슨 일 하세요? 책이 많으시네요. 다른 책도 구경할 수 있을까요?"

이해할 수 없는 사람들의 이해할 수 없는 질문이 그득했다. 알림 소리가 들려도 곧장 확인하지 않았다. 웬만큼 메시지가 쌓일 때를 기다렸다. 수희는 구석에 밀쳐두었던 옷가지를 마저 개어 서랍에 넣고, 욕실 수납장에 차곡차곡 수건을 쌓았다. 마지막으로 설거지를 마치고 나서야 휴대전화를 들었다. 여러 질문 가운데 유독 눈에 띄는 인사가 보였다. '안녕하세요. 시를 좋아합니다'로 시작하는 메시지였다.

수회, 민희, 주희는 비슷한 시기에 등단했다. 동갑이었고, 다니던 대학이 가까웠고, 이름에 희가 들어 있고, 그 희가 심지어 '기쁠 희(喜)'여서 쉽게 어울릴 수 있었다. 있는 시간을 내어주고, 나중에는 없는 시간도 쪼개서 내어주었다. 청춘을 스치는 수많은 사건마다─포장마차에서 닭발을 먹다가 신입생 얼굴을 평가하는 옆자리 남자놈들과 한판 붙고, 운전하다가 창문을 내리며 길을 묻길래 다가갔더니 성기를 내놓은 새끼를 끝까지 쫓아가서 신고하고─서로의 목격자가 되어주었다. 윤희, 나희, 미희…… 그 후 문단에 또 다른 '희'들이 등장했지만, 다행히 '기쁠 희'가 아니었기에 '희희희'는 '희희희희희'가 되지 않은 채 유지되었다.

희희희. 셋이어서 좋았다. 드러누워 영화를 보다가 '여자 셋이 어울리는 게 둘이나 넷

보다 힘든 일'이라고 말하는 장면에서 약속이나 한 듯 몸을 일으켜 발끈하던 세 사람이었다. 희희희는 그렇지 않았다. 수희가 민희에게 나눈 이야기를 민희가 주희에게 옮겨도 화나지 않았고, 민희가 주희와 약속을 잡고 밥을 먹어도 수희는 서운하지 않았다. 세상에서 나 다음으로 나를 잘 이해해주는 사람들. 희희희는 그런 사람들이었다. 그리고 그 믿음은 꽤 오랫동안 지속되었다.

등단하며 가장 주목받은 사람은 주희였다. 제일 오래되고 가장 높은 평가를 받는 문학상을 받아서이기도 했지만, 사실 글이 좋았다. 시원시원한 문체로 동시대 풍경을 제대로 포착한 주희의 글은 금세 세상의 이목을 집중시켰다. '새로운 시대를 열어젖힌 여성 작가'라는 문장이 주희의 글 앞에 붙었다(왜 '여성'이라는 단어를 떼지 않았을까, 의문이 들었지만).

세상은 가끔 얄궂었다. 친구의 승승장구

를 바라보는 심정을 궁금해하는 질문이 수희와 민희에게 던져지기도 했다. 공식적인 자리에서도, 글과는 무관한 자리에서도. 사람들은 물었다. "부럽거나 시샘이 나지 않으세요?" 수희와 민희는 "그렇지 않아요"라고 답했다. 주희는 그저 두 사람의 자랑이었다. "보세요, 주희의 단어는 보통의 단어와는 달라요."

그러나 잘 쓰는 것보다 중요한 일이 있다면 꾸준히 쓰는 일이었다. 세상의 관심이 부담스러웠을까. 주희의 쓰는 속도는 현저히 더뎌졌다. 한 편의 소설을 완성하기까지 남들보다 오랜 시간을 들였고, 그렇게 힘겹게 세상에 나온 작품은 종종 좋은 평가를 받았으나 금세 잊혔다. 주희를 향한 문단과 세상의 관심은 순간이었다.

민희는 달랐다. 꾸준히, 많이 썼다. 자주 책을 펴냈고, 독자를 만나는 일에도 능숙했다. 특유의 말주변으로 독서 모임을 주도하고, 글쓰기 모임도 자주 꾸렸다. 그렇게 모임에 참석한 모두가 민희의 고정 팬이 되어주었다. 책을 낼 때마다 곧장 구매하는 독자가 있다는 사실은 상상했던 것보다 꽤나 든든했다.

수희는 주희, 민희와 또 달랐다. 첫 시집을 내고 두 번째 시집 앞에서 멈추고 말았다. 먹고사는 일이 우선인지라 출판사에 들어간 게 화근이었다. 다른 사람의 책을 정성껏 만드는 사이 자신의 책은 점점 멀어져갔다. 늘 일에 쫓겼고, 자연스레 생각할 틈이 나지 않더니 결국에는 시가 될 만한 무엇도 떠오르지 않았다. 그래도 시를 썼다는 사실, 시를 쓰는 사람임을 잊지 않으려고 읽기만은 놓치지 않았건만, 올해 초 '그 일'이 있은 뒤로는 읽는 것조차 힘들어졌다. 아니, 어쩌면 두려워졌는지도 모르겠다. 그렇게 쓰는 사람에서 읽는 사람이 되었다가 무엇도 아닌 사람이 되었다.

올해 초, 주희가 죽었다. 홀로.

당근. 유난히 알림 소리가 또렷하게 들렸다. 메시지를 확인하니 '곧 도착한다'는 문구가 보였고, 수희는 티셔츠에 얇은 바람막이를 걸쳐 입고 책이 담긴 상자를 들었다. 처음에는 쇼핑백에 담았다가 아무래도 찢어질 듯해서 상자로 옮겼더랬다. 이 정도 분량이면 상대가 차를 가지고 오겠지, 지레짐작했다.

시를 좋아한다고 했다. 그런데 당장 갈 수 없어서 혹시 일주일 뒤 가지러 가도 되겠느냐고 물었다. 수희는 이상한 질문들 사이에서 '시를 좋아한다'는 사람이 가장 정상으로 보였기에 그러라 했고, 오늘이 그날이었다. 새벽까지 내리던 비는 그쳤으나 여전히 눅진한 여름 오후였다.

수희가 빌라 밖으로 나가자 어린 남자가 서 있었다. 중학생인가 생각했는데, 고등학생이라고 했다. 유난히 마른 팔과 다리가 눈에 들어왔다. 기내용 캐리어를 손에 쥔 소년이 꾸벅 인사했다. 몸을 거의 직각으로 꺾으며. 수희 역시 목례가 아니라 최대한 몸을 굽혀 인사했다.

"안녕하세요. 책을 여기에 가져가실 건가요?"

"네, 충분히 들어갈 것 같아요."

스무 권 남짓이니 캐리어에 들어갈 수는 있었다. 그런데 저 앙상한 소년이 캐리어를 끌 힘이 있을까. 눈동자가 유난히 맑은 소년은 입가에 은은한 미소를 짓고 있었다. 충분히 할 수 있다는 얼굴.

"집이 어디인데요?

"저쪽 4단지예요."

4단지면 그리 멀지도 가깝지도 않았다. 걸어서 15분 남짓 걸리는 곳. 그래도 스무 권의 책이 든 캐리어를 끌고 가기엔 만만치 않은 거리였다.

"혹시 제가 끌어도 될까요?"

수희에게는 차가 없었다. 이동하는 시간보다 앉아서 글을 들여다보는 시간이 많은 사람에게 차는 필요 없는 법. 그저 캐리어를 대신 끌어주는 일이 수희가 할 수 있는 최선이었다. 소년은 잠시 고민하는 듯하더니 이내 '감사합니다' 답했다.

수희는 한 손으로 캐리어를 끌며 소년과 나란히 걸었다. 캐리어 바퀴가 굴러가는 소리가 배경음악처럼 깔렸다. 주희, 민희에게 이야기해주고 싶었다. "당근으로 책을 나눔했는데, 어떤 소년이 시를 좋아한다고 메시지를 보냈더라고. 그래서 나눔을 하러 나갔는데 말이야."

무슨 이야기를 해야 하나 고민했다. 물론 이야기를 나누지 않아도 되지만 이야기하는 편이 덜 어색할 것 같았다. 요즘 중학생은 무얼 좋아하더라. 아니, 고등학생이라고 했지. 그런데 소년이 먼저 물었다. 실례지만, 선생님은 어떤 시인을 제일 좋아하세요? 어떤 시인을 좋아하느냐고? 그것도 실례지만? 선생님? 요즘 학생 같지 않았다. 보통은 ‘왜 책을 버리세요’라거나 ‘뭐 하는 분이세요’라고 묻지 않던가. 수희는 좋아하는 시인을 생각했다. 누구를 제일 좋아하더라.

“아무래도 허수경 시인이죠.”

“저도 그분을 제일 좋아해요.”

“허수경 시인을 알아요?”

십대 남자아이가 허수경 시인을? 물론 알 수 있지…… 하지만…… 신기했다. 아무리 시를 좋아하더라도 소셜미디어를 누비는 젊은 시인이 아닌, 오래전 시를 쓰다 생을 마친 시인을 좋아하다니. 시를 이야기해서일까. 소년의 얼굴에 불그스름하게 핏기가 돌았다.

“시를…… 왜 읽어요?”

질문이 마음에 들었을까. 소년이 제법 오래 생각했기에 한동안 침묵이 이어졌다. 한 블록을 걷고 나서야 답을 들을 수 있었다.

“답이 있으니까요. 또 답이 없으니까요.”

철학적인 대답. 그렇죠. 시에는 답이 있

고, 또 답이 없죠. 갑자기 빗방울이 떨어졌고, 수희는 잠시 피했다 가자고 했다. 가까운 빌라 입구에 들어서자 빗줄기가 한층 굵어졌다.

"답이 없어서 좋은 게 있나요?"

보통의 십대는 답을 찾고 싶어 할 것이다. 아니, 사람이라면 누구나 그렇지 않은가. 답이 없는데 답을 찾으려 하니 살아가는 일이 힘든 법 아닌가 말이다. 그런데 '답이 없어서 시를 읽는다'는 말은 무엇을 의미할까. 수희가 묻자 소년이 답했다.

"답 없이 살고 있으니까요. 저는 삶이 얼마 남지 않았거든요."

뜻밖의 대답이었다. 소년을 바라보지 못했다. 바라볼 수 없었다. 누군가 죽음을 기다리고 있다는 이야기. 수희는 쏟아지는 빗줄기에 시선을 멈추었다. 거짓말로 상대의 관심을 끌 소년으로는 보이지 않았다. 팔과 다리가 앙상한 이유를 이제야 알 것 같았다.

"작년에 6개월 정도 남았다고 들었어요.

그런데 올해 여름이 지나면 8개월이 되는 거예요. 다행히 아직 살아 있어요. 걸을 수도 있고, 책도 볼 수 있어요. 6개월이라는 이야기를 들었을 때부터 계속 시를 읽었어요. 시에는 울음이 많으니까요. 울고 싶을 때마다 읽었어요. 나 대신 글자가 우는 걸 지켜보았어요. 다행히 당근에서 책을 사면 싸게 살 수 있거든요. 중고 서점보다도 저렴하게요. 선생님처럼 나눔으로 올리는 분도 계시고요. 그래도 시집을 이렇게 많이 얻는 건 처음이에요. 지난주에는 병원에 있느라 빨리 못 왔어요. 죄송해요.”

“살 수 있는…… 가능성은 없나요?”

“기적 같은 거요? 지금 살아 있는 게 기적일 수 있죠. 하지만 작년에 이미 그 단어를 지웠어요. 기대하면 실망하니까요. 저도 힘들고 가족도 힘들게 하는 거니까요. 기적을 기다리는 대신 매일 죽을 준비를 하는 게 나아요.”

“죽을 준비요?”

당혹해하는 수희의 눈빛을 읽었을까. 소

넌의 웃음에 장난기가 어렸다.

"아, 죽음을 준비하는 거죠. 매일 씻고, 깨끗한 옷을 입어요. 손톱도 가지런히 깎고, 머리도 단정히 하고요. 언제 죽어도 흐트러진 모습이 아니도록."

"아."

"그럼 죽음과 가까워져요. 덜 무서워져요."

수희는 죽음이라는 단어 앞에서 주희를 떠올릴 수밖에 없었다. 주희도 무서웠을까. 이 소년처럼 무섭지 않았을까. 주희도 죽을 준비를 했을까. 손톱이 바지런히 깎여 있나 확인할걸. 어떤 옷을 입고 있었다고 했지? 마지막 모습이 어땠지?

주희는 고독사였다. 홀로 삶을 짊어진 채 죽음에 다다랐다. 지난 몇 년, 연락을 자주 주고받지 못했더랬다. 여전히 '희희희' 채팅방은 존재했지만, 각자의 생활로 이야기 횟수가 현저히 줄어들었다. 주희를 보내고 수희는 세 사람의 채팅방을 아주 오래전까지 거슬러 올라가 읽어 내려갔다. 생일 때 축하 인사를 주고받으며 '보고 싶다'는 말을 남긴 게 1년 전이었다. 그리고 알았다. 지난 6개월 동안 누구도 그 방에서 어떤 말도 꺼내지 않았다는 사실을. 주희를 보내고 나서야 알았다.

'문인'과 '고독사'라는 단어가 어울렸을까. 한동안 관심을 기울이지 않았던 여러 미디어가 주희의 죽음을 상세히 다루었다. 그리고 '희희희' 중 '희희'에게 세인들의 화살이 날아들었다. 그렇게 붙어 다녔으면서 친구가 죽을 만큼 힘들었다는 것도 몰랐다니, 결국 두 '희'가 죽인 거 아닌가? 들어 마땅한 말, 차마 듣기 힘든 말, 들으면 안 될 것 같은 말을 고스란히 들어야 했다.

민희와 수희는 그 화살을 온몸에 받아들였다. 주희를 지키지 못한 건 사실이니까. 주희가 얼마나 힘들었는지 몰랐으니까. 무엇이 주희를 고립으로 몰고 갔는지 알지 못했으니까. 희희희는 '기쁠 희'였지만 더는 기쁘지 않았다. 아니, 기쁠 수 없었다.

수희가 소년에게 물었다.

"친구들과 헤어지는 건 무섭지 않아요? 남겨진 친구들을 생각하면 어때요?"

"죽음은 다른 사람을 생각할 수 없는 일이에요. 그래서 죽음은 아쉽지 않아요. 죽음과 가까워질수록 나만 생각하게 돼요. 엇! 비가 그쳤어요."

맞다. 소년 집으로 시집을 들고 가다 이야기를 나누고 있었지. 하늘이 갰다. 두 사람은 4단지를 향해 다시 발걸음을 재촉했다. 도착지가 얼마 남지 않자 수희는 어떻게 인사를 나누어야 할지 고민했다. 다시 볼 일이 없을 텐데. 소년의 비밀. 죽음을 앞둔 십대에게 무슨 인사를 건네야 좋을지 막막했다. 아무리 생각해도 적당한 말을 찾지 못했다. 또 봐요. 잘 가요. 아프지 말아요. 여러 말을 입안에서 굴리다 입을 열었다.

“고마워요.”

소년이 소리 내어 웃었다. 아픈 사람이 맞나 싶을 정도로 호탕한 웃음이었다.

“네? 나눔 받은 건 저인데요. 게다가 데려다주셨잖아요. 고맙습니다.”

4

한동안 소년과의 대화를 자주 떠올렸다. 수희의 납작한 마음이 조금은 부풀었다. 그리고 계절이 바뀔 무렵, 집으로 택배 상자가 도착했다. 보내는 사람에 민희의 작업실 주소가 적혀 있었다. 새 시집이었다. 출판사나 온라인 서점을 통하지 않고, 민희가 직접 보낸 택배였다. 상자를 열자 시집 위에 포스트잇이 붙어 있었다. ‘회회회’라고 적힌.

여전히 미웠다. 남겨진 사람을 생각하지 않은 채 세상을 떠난 주희도 미웠고, 주희의 죽음을 소재 삼아 시를 쓴 민희도 미웠다. 그러나 여름비를 바라보며 들었던 '죽음'에 대한 소년의 담담한 이야기를 통해 남겨진 사람들을 생각할 수 없는, 오롯이 '나'만을 위할 때 가능한 일이 죽음이라는 생각이 들었다.

주희를 이해하기로 했다. 도움을 요청하기보다 죽음을 선택하는 게 주희에게 더 편안한 일이었는지 모른다고. 그 마음으로 민희를 이해하려고 했으나 그것만은 뜻대로 되지 않았다. 이해를 포기하고 답장을 보냈더랬다.

'나는 여전히 주희를 보내고 있어.'

날카롭게 여겨질 수 있는 답장이었으나 수희에겐 최선이었다. 그리고 민희는 기어코 시집을 냈다.

시집은 단정했다. 똑같은 판형, 똑같은 디자인. 표지를 쓸어내렸다. 민희의 얼굴을 만지듯. 책을 넘겨 냄새를 맡았다. 종이 냄새. 마르지 않은 잉크 냄새. 첫 장을 넘기자마자 '시인의 말'이 눈에 들어왔다. 원고에 없었던 것 같은데. 있었나.

시인의 말

喜(기쁠 희)는 누구보다 熙(빛날 희)였고,
이제는 希(바랄 희)가 되었다.

곧장 시집 맨 뒤로 넘어가 발문을 확인했
다. 수희가 거절했으니 다른 시인이나 평론가
의 글이 적혀 있으리라 생각했는데 아무것도
없었다. 아니, 있었다. 민희의 손 글씨로 쓰인
주희의 이름이.

주희야. 2026. 02. 23.
주희야. 주희야. 2026. 03. 02.
주희야. 주희야. 주희야. 주희야. 2026. 04.
　18.

민희는 매일 주희를 부르고 있었다. 시를
쓰며 주희를 떠나보내고 있었다. 이것밖에 할
수 없어서, 글자로 달래는 일밖에 할 수 없어
서. 울면서 시를 쓰는 민희를 떠올렸다. 밤새

노트북 앞에 앉아 눈물을 흘리며 썼다 지웠다 반복했을 민희를. 연필로 적다가 차마 문장을 잇지 못했을 민희를. 길을 걷다가 주저앉아 주희의 이름을 불렀을 민희를. 이제 할 수 있는 건 '희희'가 '희'를 오래오래 생각하는 것이었다.

5

눈이 소복이 쌓인 겨울, 수희는 당근을 컸다. 여름이 지나고, 수희는 소년에게 몇 차례 메시지를 보냈다.

"시집이 더 있어요. 읽을래요?"

메시지 곁 1이 지워지지 않았다.

"글자가 우는 걸 봤어요."

여름, 가을, 그리고 겨울. 수희는 여전히 소년의 목소리를 기억한다. 개던 빨래를 한쪽으로 치우고, 테이블 밑에 놓인 하얀 종이를 꺼낸다. 소년의 말을 시로 엮는다. 이 시를 다

쓰면 '소년이 쓴 시'라고 말할 것이다. '저는 대신 옮기기만 했어요'라고 말할 것이다. 그렇게 다시 쓰는 사람이, 읽는 사람이, 엮는 사람이 될 것이다.

글자가 우는 걸 봤어요.
엉엉 울더라고요.
그래서 읽었어요.
울음이 많은 글자를 '시'라고 부르나 봐요.
이상하게 읽을수록 내 안에서는 울음이 없
　어져요.
나 대신 우나 봐요.
나 대신 우나 봐요.

오해를 오해로 두기

1

유경이 회사에 도착했을 때는 8시 48분이었다. 출근 시간이 9시임을 감안하면 보통의 출근이었다. 엘리베이터를 탔을 때는 8시 50분, 자리에 앉아 노트북을 켰을 때는 8시 53분, 탕비실에서 텀블러에 루이보스 티백을 넣었을 때는 8시 58분, 입고 온 니트에 붙은 하얀 털을 떼려고 옆자리 주미에게 "돌돌이 있어?" 물었을 때는 9시였다. 그리고 인트라넷에 소식이 올라온 건 그로부터 15분이 지난 후였다.

인트라넷에는 사원들의 소식이 종종 업데이트되었다. 좋은 소식일 때도 있고, 그렇지 않을 때도 있다. 2주 전에는 전산팀 동환 팀장의 장모가 돌아가셨고, 한 달 전에는 TF를 함께했던 윤미 과장의 부친상이 있었고, 두 달 전에는 같은 팀 준희 대리의 결혼식이 있었다.

소식에는 댓글이 달렸다. "결혼 축하해요" 또는 "삼가 고인의 명복을 빕니다" 친하든 친하지 않든, 아는 사이든 아는 사이가 아니든 동료에게 보내는 의례적 인사였다. 하지만 오늘 올라온 소식에는 5분이 지나도록 아무 댓글도 달리지 않았다. 조모상, 조부상, 부모상, 형제상이 아닌 본인상으로 시작되는 부고 소식은 그랬다.

Data & Analytics팀에 재직 중인 유지원 씨께서 별세하시어 아래와 같이 알려드립니다

지원과 유경은 한때 같은 팀에 속한 적이 있었으나 아주 잠시였기에 잘 아는 사이로 나아가지는 못했다. 유경이 입사했을 때 이미 지원은 유령 같은 존재였고, 친해질 기회조차 없었다. 누구도 지원과 인사를 건네지도, 점심을 먹

지도, 이야기를 나누지도 않았다.

지원은 대부분 혼자였지만 그래도 괜찮아 보였다. 마치 본인이 원한 일처럼 보였다. 복도를 걷다가 지원 때문에 종종 놀라곤 했다. 그 정도로 조용했다. 말수가 없어 조용한 사람이 아니라 사람 자체가 조용한 사람. 걸음 소리마저 들리지 않을 정도로 차분한 사람. 그래서 가끔은 존재하지 않는 사람 같았다.

유경은 그런 지원을 특별히 싫어하지는 않았다. 그렇다고 해서 좋아할 이유도 없었기에 언젠가 점심을 먹다 누군가가 "유지원 씨, 뭔가 음산하지 않아?" 하는 말에 그런가 보다 생각했고, 겨우 입사 1년 차인 시은이 지원의 대리 직급을 빼고 이름을 부를 때도 가만히 있었다. 가만히 있는 건 동조하는 거고, 그것도 곧 가해 아닌가요, 라는 문장이 적혀 있던 책이 생각났다. 하필이면 지원이 죽고 인트라넷에 부고 소식이 올라온 지금. 그 책의 제목을 생각했을 때는 9시 33분이었고, 그동안 "고인의 명복을 빕니다"라는 두 개의 댓글이 달렸다. 사무실은 유난히 고요했다.

유경은 고개를 쭉 빼서 멀리 있는 지원의 자리를 살폈다. 평소와 다르지 않아 보였다. 가지런히 놓인 노트북과 한쪽에 정리된 자료들. 평소 지원의 책상을 본 적이 있었나 생각해보았으나 기억나지 않았다. 유경과 지원은 잘 모르는 사이임이 분명했다. 하지만 유경의 집에는 지원이 키우던 고양이가 있었다.

이름은 보리였다.

2

보리는 유경이 아는 고양이 가운데 가장 완벽에 가까웠다. 굳이 말하자면 유경이 만난 고양이는 보리가 유일했으니 당연한 결과일 테지만. 보리는 새까만 눈동자를 가졌다. 마치 블랙홀 같은 눈을 천천히 깜빡이며 자신의 의사를 확실하게 표현했다. 소리로 한 번 부르고, 그래도 듣지 못하면 앞발로 팔을 짚었다. 발톱을 집어넣은 채로. 아주 조심스러운 몸짓으로.

유경은 고양이에 대해 잘 몰랐다. 그래도 언젠가 동물을 키울 환경이 허락되면 막연히 고양이를 키우고 싶었다. 사람의 눈을 오래 응시하는 그 눈동자가 좋았다. 고양이를 향한 관심은 알고리즘으로 이어졌고, 얼마 지나지 않아 퇴근 후 맥주를 마시며 고양이 영상을 보는 낙으로 살게 되었다. '대체 타인의 일상을 왜 보는 거지?' 했는데 남도 아닌 고양이 일상을 보고 있었다. 루비, 소리, 소망, 레오 등 보는 채널도 점점 늘었다. 하늘 아래 같은 고양이는 없으니까.

그중 루비를 제일 오래 보았다. 영상을 처음 본 건 3년 전. 지금처럼 그때도 루비는 듣지 못하는 고양이였다. 사람도 장애가 있으면 불편한데, 동물은 얼마나 불편할까. 처음 보던 날 그런 생각이 들었다. 루비는 시간이 지날수록 여러 합병증을 동반했다. 몇 주 전, 루비의 집사는 루비가 언제까지 살지 모르겠다며 울음을 터뜨렸

고, 유경 역시 영상을 보며 눈물을 훔쳤다. 집사
는 루비 치료를 위해 일을 늘렸다고 했다. 그 소
식에 너도나도 후원을 하게 해달라고 했지만 한
사코 거절했다. 제가 끝까지 책임지고 싶어요.
노력해볼게요. 그래도 정 못 하겠다 싶은 날이
오면 여러분의 도움을 요청할게요. 감사해요,
모두. 누군가를 지키려는 마음. 유경은 그 영상
을 자주 보았다. 세상을 살며 가져보지 못한 마
음이었다.

매일 고양이 유튜브를 재생한 덕분에 유경
의 알고리즘은 고양이로 가득했고, SNS도 별반
다르지 않았다. 보리는 인스타그램을 통해 알게
되었다. 우연히 뜬 인기 피드에 치즈라고 하기
에는 더 연한 아이보리 색상의 고양이가 유경을
빤히 쳐다보았다. 유경은 바로 팔로우를 눌렀고,
피드를 구경하며 거의 모든 사진에 '좋아요'를
눌렀다. 좋아요, 좋아요, 좋아요.

보리의 주인은 무척 부지런해서 매일 한 장
의 사진이 일기처럼 업로드되었다. 유경도 매일

‘좋아요’를 눌렀다. 매일 눌러주는 ‘좋아요’가 고마워서였을까. 어느 날, 보리의 계정이 유경을 팔로잉했다. 보리를 팔로잉한 계정은 2만 명으로 큰 숫자였지만, 보리가 팔로잉한 계정은 고작 100명도 되지 않았기에 유경은 보리에게 특별한 사람이 된 기분이었다. 마치 측근이라고 도장이라도 찍힌 것처럼.

지원이 말을 걸어온 건 3주 전이었다. 회사 업무용 슬랙을 통해서였는데 유경 대리님~ 메신저 창이 뜨길래 유경은 네, 안녕하세요, 라고 답했다. 지원이 유경을 부를 일은 업무밖에 없었기에 유경은 대답하자마자 곧바로 다른 창으로 시선을 돌렸다. 메신저 창이 깜빡여 다시 눌렀을 때는 대답이 온 지 10분이 지나 있었다.

그리고 전혀 생각하지 못한 말이 쓰여 있었다.

“혹시 고양이 좋아하세요?”

여러 생각이 떠올랐다. 첫 번째는 ‘네, 좋아합니다’, 두 번째는 ‘근데 내가 고양이 좋아하는 건 어떻게 알았지?', 세 번째는 '우리가 그런 사사로운 이야기를 나눌 사이인가?'였다. 유경이 뭐라고 대답할지 고민하는 사이 지원이 말을 이었다.

"부탁이 있어요."

네 번째로 '우리가 부탁을 주고받는 사이였던가?' 생각하며 유경은 답장을 보냈다.

"무슨 부탁인가요?"

"제가 고양이를 키우는데, 잠시 맡아줄 사람이 필요해서요."

지원의 말에 유경은 "네?" 하고 반문해야 했다. 상황상 그게 맞았다. 지원과 유경은 업무 외 말을 나눈 적이 없고, 서로가 관심 밖이었고, 유경의 휴대폰에 지원은 회사 이름 다음 한 칸 띄우고 유지원으로 저장된 사람일 뿐이었다.

하지만 유경은 묻고 있었다.

"무슨 종인가요?"

3

그날, 알았다. 지원의 고양이가 '보리'라는 사실을. 아이보리색 보리. 까만 눈동자의 보리. 유경이 '좋아요'를 누르던 보리. 그 뒤로 매일같이 고양이 이야기를 했다. 출근해서부터 퇴근하기까지, 한쪽에 늘 지원과의 메신저가 켜져 있었다. 처음에는 보리에 대해서 이야기하다가, 즐겨 보는 유튜브의 루비, 소리, 소망, 레오에 대해서도 말했다. 지원도 그 고양이들을 챙겨 본다고 했다. 도대체 루비 엄마는 무슨 일을 할까요? 그 치료비를 어떻게 감당할까요? 하는 궁금증도 나눴다. 당연히 지원은 유경보다 고양이에 대해 더 많이, 잘 알고 있었고, 유경은 지원과 나누는 대화가 즐거웠다.

지원은 3주 뒤 리프레시 휴가를 떠난다고 했다. 회사에서 그만둘 연차―모두가 그렇게 표현했다. 3, 6, 9년. 그만두고 싶은 시기―가 되면 주는 복지 혜택이었다. 3년 주기로 주어지는 유급 휴가 2주. 지원은 지난해 입사 6년 차가 되어서 휴가를 쓸 수 있었으나 사용하지 않았다며, 이제는 부여받은 휴가가 사라지기 전 어디든 가야 한다고 말했다. 지원의 입사는 3월이었고, 1월을 막 지나고 있었다.

처음에는 아무 계획이 없었다고 했다. 그래도 모처럼 길게 쉴 수 있는 기회인 만큼 국내 여행이라도 갈까 싶었는데 보리가 마음에 걸렸고, 데리고 갈까 했지만 아무리 찾아도 마땅한 곳을 찾지 못했단다. 그러다 남들처럼 해외 여행을 가보기로 마음먹고 처음으로 여권을 만들었다고 했다. 도착지는 파리. "왜 파리예요?"라고 묻자 지원은 "그냥요, 한 번쯤 가보고 싶었어요"라고 답했는데, 유경은 그 말이 바로 이해되었다. 파리는 그런 도시니까. 한 번쯤 가보고 싶은 도시. 대학생 때 배낭 여행으로 딱 한 번 가보았지만, 그것만으로도 위안이 되었던 도시. 물론 생각보다 더러웠고, 낭만은 밤에 본 에펠탑이 전부였으나 그걸로 모든 걸 용서할 수 있는 도시.

유경은 파리에 다녀온 지 어언 10년이 넘었으나 지원에게 알려주고 싶었다. 파리를 여행하며 좋았던 카페나 음식점을 찾아 일러주었다. "여기 참 좋았는데, 지금도 있는지 모르겠네요. 아, 구글맵에 검색하니 아직 있어요. 근데 평점이 나쁘네. 이상하네, 여기 맛있었는데." 유경은 고양이가 아닌 다른 주제로 지원과 이야기를 나눴다. 매일. 지원이 파리에 떠나기 전날까지. 지원이 보리를 유경의 집에 데려다주던 날까지. "보리, 잘 부탁해요" 말하던 날까지.

4

지원은 오해가 생기는 사람이었다. 그저 오해가 생겼을 뿐인데 사람들은 지원이 오해를 만든다고 이야기했다. 그러다 보니 오해를 만드는 사람이 되어 있었다. 가끔은 오해를 부르는 사람도 되었다. 아무 대답을 하지 않으면 인정하는 게 된다는 사실을 몰랐던 아주 어릴 적부터. 나이가 들어서는 오해를 풀어야 한다는 걸 알았으나 그냥 두었다. 오해는 풀 수 없는 것, 풀려고 노력할수록 더 꼬여버리는 것.

오해는 오해를 낳고 또 낳는다. 참고 참다 용기를 내어 "아니에요" 하면 너무 늦은 대답이라는 이유로 또 오해를 낳았다. 지원은 언젠가부터 자신이 할 수 있는 건 아무것도 없다고 생각했다. 차라리 대답하지 않는 편을 택했다.

그러다 보리를 만났다. 떨고 있는 아기 고양이. 어미가 버리고 간, 사람 손을 탄 새끼 고양이. 사람이 사는 데 필요한 온기를 보리가 채워주었다. 어쩌면 사람 없이 살아도 될 만큼 충분한 온기였다. 대화를 나누는데 언어가 필요하지 않다는 걸 알았다. 서로를 필요로 하는 마음으로 충분했다. 지원은 보리가 필요했고, 보리 역시 지원이 필요했다. 서로 살아가는 이유가 되어주었다. 지원의 시간은 보리를 통해 흘렀다.

혼자만 보기 아까워 올려놓은 보리의 사진들. 그러던 어느 날, 유명 셀럽이 '좋아요'를 누르고 자기 피드에 공유했을 뿐인데, 보리는 단숨에 '스타 고양이'로 등극했다. 몇 주 사이에 2만 팔로워가 생겼고, '귀엽다'는 댓글이 미친 듯이 달렸으며, 무자비한 '좋아요' 공격을 피할 수 없었다. 지원은 평생 받아본 적 없는 관심이었다.

보리 사진을 올리면 몇 초도 지나지 않아 곧장 '좋아요'가 도착했다. 좋아요, 좋아요, 좋아요. 보리에게 향하는 '좋아요'임을 알면서도 지원은 자신이 받는 것처럼 신이 났다가, 가끔은 동물보다 못한 자신을 비관했다. 동물보다 못한 사람이라니. 그런 생각도 잠시, 보리에게 달린 댓글에 정성스레 댓글을 달고, 열렬히 '좋아요'를 남겨준 계정에 방문해 답으로 '좋아요'를 누르기도 했다.

그러다 보게 되었다. 어딘가 익숙한 사람의 얼굴. 지원은 유경의 피드를 처음부터 끝까지 살폈다. 고양이를 좋아하고, 책을 좋아하는 사람. 쉬는 날에는 전시나 강의를 찾아다니는 사람. 지난 주말에는 『관조의 태도』 북토크에 다녀온 기록이 있었다. 관조에 대한 자신의 생각을 짤막하게 적어놓은 피드를 읽었다.

유경의 일상을 훔쳐보지 않았다. 그냥 보았다. 우린 서로 팔로잉한 사이니까. 확실히 말하자면 합법적인 훔쳐보기였다. '맞팔'은 서로의 동의 아래 친구가 된다는 의미이니까. 그러다 보니 잘 아는 사이 같았다. 회사에서 다른 사람보다 유경의 목소리만 더 크게 들렸다. 유경의 얼굴을 더 자주 발견했다. 살피고 싶지 않아도 살피게 되었다.

유경은 사람들 속에서 생활했다. 밥은 주로 주미 대리와 먹고, 한 달에 한 번 동기들과 맛집 모임을 가졌다. 퇴근 후에는 과거의 팀원들과 술을 마시기도 했다. 어느 누구와도 적이 아닌 사람. 지원이 바라보는 유경은 그런 사람이었다. 어디든지 잘 동화되는 사람. 지원은 애초에 포기한 것.

그 섞임이 어떻게 만들어지는지 알게 되기

까지 그리 오래 걸리지 않았다. 잉크 부족으로 잘못 인쇄된 종이를 파쇄기에 넣는 중이었는데 평소보다 주미 목소리가 크게 들렸다. 고양이라는 단어 때문이었다.

"아니, 진짜 힘들다니까? 1층 사는 사람은 왜 생각을 안 하느냐고. 새끼 고양이 울음소리가 얼마나 아기 울음소리 같은지 알아? 소름 돋는다고. 미치겠어. 자기들은 밥만 주면 끝이지, 불편한 사람 생각을 전혀 안 해. 완전 고양이 마을이라니까."

지원은 묵묵히 듣고만 있었다. 주미 대리는 1층에 사는데, 주변 길고양이가 새끼를 낳았고, 보통 1층 밑이나 지하에 숨어 있으니 울음소리가 들려왔고, 그것 때문에 힘든 것 같았다.

"그러게 말이야."

유난히 또렷하게 들렸다. 주미 대리 옆에 있는 사람이 유경이었는지는 몰랐다. 아니, 그 말에 그렇게 대답할지.

그러게 말이야.

그러게 말이야.

그러게 말이야.

분명 그렇게 답했다. 고양이 피드에 '좋아요'를 누르고, 고양이 사진에 댓글을 달고, 수십 개의 고양이 계정을 팔로잉하고, 매일 저녁 고양이가 주인공인 유튜브를 애청하는 유경이.

그 후로 지원은 그런 유경의 모습을 더 발견했다. 아니, 알아챘다. 흔히 회사원들은 회사 밖 모습이 그 사람의 진짜 모습이라고 생각한다. 그렇다면 유경의 진짜 모습은 '고양이를 좋아하고, 책과 전시를 좋아하는 유경'이었다. 그러나 회사 안에서는 그런 모습을 볼 수 없었다. 어쩌면 SNS의 모습도 진짜가 아닐지도 모르는 일이었다.

"나는 책 좋아하는 사람은 좀 별로. 이렇게 재밌는 게 많은 데 굳이? 유경은? 책을 좋아한다고 그랬나?"

"아뇨, 저도 잘 안 읽어요."

유경은 좋아하는 것을 부정했다. 상대의 말

에 모두 동의했다. 자신이 관련되지 않은 일에
도 그랬다. 지원에 대해서도.

　"유지원 말이에요. 이번 일은 솔직히 자기
가 연차도 높은데 더 가져가야 하는 거 아닌가."

　"그러게요."

　"피해 받은 적도 없으면서 피해자 코스프레
를 하고, 괜히 불쌍한 척하고. 진짜 짜증 나."

　"참아요. 그 사람 이상한 거 한두 번인가요,
뭐."

5

유경은 경찰서로 향했다. 지원은 사고사라고 했
다. 여행 중 추락 사고. 파리가 아닌 땅끝 마을에
서. 유경이 지원의 고양이 보리를 데리고 있었고,
최근 연락한 사람 가운데 한 명이었기에 참고인
조사가 필요하다고 했다. 전화가 걸려왔고, 조용
히 받았고, 반차를 내서 다녀왔다. 조심스럽게 진
행된 일인데도 경찰서에 다녀온 다음 날 모두가

알고 있었다.

　지원과 친한 사람이 없는 줄 알았는데, 사실 있었고, 그게 유경이었다. 사람들은 입에서 입으로 없는 이야기까지 만들어 전했다. 유경과 지원을 둘러싼 소문 가운데 가장 어이없는 건 사실은 둘이 연애 중이었고, 지금은 헤어져서 유경이 고양이를 데리고 집을 나갔다는 이야기였다.

　황당하기 짝이 없는 그 이야기를 들은 건 7층 화장실 두 번째 칸이었다. 화장실에서 마주치는 사람들조차 부담스러워 아래층 화장실을 사용하러 내려왔건만, 같은 층에서 일하지 않는 사람들까지 유경과 지원을 주제 삼아 이야기하는 걸 듣자 얼굴이 달아올랐다. 당장 나가서 '무슨 소리를 하는 거냐'고 되묻고 싶었지만 마음처럼 되지 않았다. 아닌데, 정말 아닌데. 순간 유경은 지원을 떠올렸다.

　사람들은 보지 않았는데 본 것처럼 이야기했고, 하나도 모르면서 모두 아는 것처럼 이야기했다. 오해예요. 아니에요. 그 단순한 말이 나오지 않아 유경은 '그런' 사람이 되었다. 지원과는 입사 전부터 친했고, 사람들 눈을 의식해 지원을 모른 척했고, 동료들의 험담에 맞장구쳤으며, 그것을 이유로 헤어지고 나서 지원이 아끼는 고양이까지 데리고 집을 나온 사람. 계속 들으니 정말 그런 것 같기도 했다. 유경과 지원 사이에 정말 무슨 일이 있었던 것처럼 느껴졌다. 그럴지도 모르겠다고, 우리가 사랑한 사이일지도 모르겠다고.

집으로 돌아오면 보리가 반겼다. 여전히 아이보리색 털에 까만 눈동자. 반가움을 담아 소리 내어 부르고 유경의 팔에 앞발을 올렸다. 유경은 보리를 안았다. 작디작은 고양이를 품에 안았는데 마치 사람 같았다. 보리의 온기가 온몸에 스며들었다.

유경이 입사했을 때 지원은 이미 '그런' 사람, 오해받는 사람이었다. 그와 달리 무리에 속해 있다는 사실에 유경은 안심했다. 초등학교, 중학교, 고등학교, 대학교. 어디서든 무리 지어

지냈으니까. 그게 안전하니까. 늘 무리에 속하려 애썼다. 그 속에 있으면 든든했고, 가끔은 보호받는 느낌도 들었다. 하지만 무리는 누군가를 자주 공격했는데 잘 아는 사람이기도, 모르는 사람이기도 했다. 모호한 기준. 그저 공격 대상이 필요한 듯했다. 대개 무리 밖의 사람이었지만, 간혹 무리 안의 사람이기도 해서 유경도 예외가 되지 못했다.

그 이후, 유경은 '동조'를 배웠다. 동의가 아닌 동조. 동의는 뜻을 같이하는 것, 동조는 다른 사람에게 나의 의견을 일치시키는 것. 아, 그랬구나. 맞아, 맞아. 나도 그래. 그것만으로도 유경은 공격을 피할 수 있었다. 무리에서 튀지 않을 수 있었다. 화살이 자신을 향하지 않는 최고의 방법이라 생각했다.

이제 유경은 남들보다 조금 일찍 출근했다. 낮고 느린 보폭으로 차분히 걸었다. 조용히 사람들을 스쳤다. 그렇게 유경은 지원이 되었다. 아무도 유경과 인사를 하지도, 밥을 먹지도, 이야기를 나누지도 않았다. 누군가 "유경 씨, 음산하지 않아?"라고 했고, 다른 누군가는 고개를 끄덕였다.

어휴, 이제는 안 친해요. 아니, 원래도 별로 안 친했어요. 저도 속았다니까요.

유경이 간지러운 듯 팔을 긁었다. 긁을수록 피부에 무언가 올라왔는데 마치 글자 같기도 했다. 유경의 말이 팔에 새겨지는 듯. 유경은 눈을 감고 꾹 참았다. 조금의 시간이 지나면 팔은 그저 손톱 자국으로 벌게져 있을 테니까.

그런데 '아니요'라고 하면 되지 않아요? 오해가 한 사람 때문에 일어나나? 양쪽 다의 잘못이죠. 큰 문제도 아닌데 큰 문제처럼 만들어버리는 것, 정말 별로예요. 꼭 내가 가해자 같잖아요. 보통 그런 따돌림은 받는 쪽에도 문제가 있어요. 글쎄요. 생각하지 않았지만, 그런 것 같기도 하네요. 왜 오해를 만들지? 말하지 않은 사람이 문제 아닌가? 오해가 생기면 풀면 되죠. 그건 그 사람 몫이라고 생각해요.

메시지를 확인했다. 예약 메시지 1건. 회사 이름 다음 한 칸 띄우고 유지원이 보낸 메시지. SNS의 아이디와 비밀번호가 적혀 있다. 유경이 놀랄 틈도 주지 않고 곧이어 메시지가 또 도착했다. 2단계 인증 핀번호. 그리고 몇 분이 지나 마지막 메시지가 도착했다.

어때요?

오래된 사람

1

인숙의 첫 차는 프라이드였다. 화려하진 않아도 이름처럼 무언가를 심어줄 것만 같던 차였다. 엄연히 말하자면 남편의 차였지만, 구입한 지 얼마 되지 않아 인숙의 차가 되었다. 남편은 민주가 태어나고 3년이 되던 해에 세상을 떠났다. 사고였다. 사고는 뜻밖에 일어난 불행한 일. 갑작스러운 일. 예상하지 못한 채 내몰리게 되는 일. 살림을 도맡던 인숙이 맨몸으로 세상과 마주해야 하는 일이었다.

그해 여름은 유난히 더웠다. 신발을 신어

도 아스팔트 열기가 발바닥까지 전해져 금방이라도 타버릴 것만 같았다. 겨울이라고 다르지 않았다. 집으로 돌아가는 길에 들른 포장마차에서 어묵 국물을 삼키고 또 삼켜도 시린 속을 달랠 수 없었다. 상실의 해는 아주 덥고, 무척 추웠다.

남편이 떠나고 남은 건 약간의 빚과 갓 구입한 프라이드 신형이 전부였다. 인숙은 운전면허가 없어서 당연히 차를 처분하려 했지만 일자리를 알아보다가 보험 영업사원 모집 공고를 보았고, 면접을 보았고, 취직이 되었고, 차가 필요했다. 그렇게 프라이드는 인숙의 첫 차가 되었다. 막내 민주가 네 살이 되던 해였다.

보험 영업은 보험을 알지 못해도 시작할 수 있는 일이라고 했으나 막상 발을 들이자

‘적당히’가 통하지 않는 일이었다. 매번 ‘더, 더’를 외치게 하는 일. 그런 일을 오래 할 생각이 없었건만 인숙은 예순이 넘어서야 그만둘 수 있었다.

아이를 키우는 일도 다르지 않았다. 기본 교육까지는 뒷바라지해줘야지, 결혼할 때 조금이라도 보태줘야지, 사위가 개업한다는 데 뭐라도 해줘야지, 손주에게 용돈이라도 쥐여 줘야지…… ‘더, 더’ 하다가 어느새 일흔이 넘었다.

“할머니, 무슨 생각?”

효원이 텔레비전을 보다가 인숙의 대답이 없자 무릎을 툭 쳤다. 길고 가느다란 손가락이 인숙의 무릎에 놓여 있었다. 인숙이 효원의 손을 잡자 뽀얀 손 위로 주름진 손이 겹쳐졌다.

아들 하나, 딸 둘, 손주 넷. 모두 사랑하지만 순위를 매기라면 매길 수 있었다. 유독 마음이 많이 쓰이는 아이는 늘 있는 법이니까. 민주가 그랬다. 아빠의 얼굴조차 기억하지 못하는 아이, 늘 바쁜 엄마를 이해하며 자란 아이. 다른 집 막내는 오랫동안 품에 안아 어리광이 심하다던데 민주는 밖에서 으레 장녀 소리를 들었다. 인숙은 그게 늘 속상했다. 허나 대부분 모른 척하며 지나갔다. 나쁜 엄마가 되기 싫어 민주의 '괜찮다'는 말을 열심히 믿었다.

민주는 이른 결혼 후 세 차례 이사를 다니다가, 몇 년 전 인숙의 집 가까이에 자리 잡았다. 효원은 민주의 딸이었다. 친구들에게 선뜻 양보하는 아이. 민주의 아이다운 아이. 인숙은 민주에게 못다 한 미안한 마음을 효원을 통해 늦게나마 해소하고 있었다.

다른 집 손녀와 달리 효원은 다 자라 대학생이 되고서도 할머니를 자주 찾았다. 혼자서도 척척 인숙의 집에 들러 저녁을 함께했다. 덕분에 인숙의 저녁은 심심하지 않았고, 엽기 떡볶이 로제 맛과 마라탕, 두바이 초콜릿처럼 젊은 세대에게 유행하는 음식을 맛볼 수 있었다. 인숙은 동년배들 사이에서 유행을 빠르게 접하는 할머니로 통했다.

"아, 맞다. 할머니, 폰 좀."

"왜?"

효원이 자연스레 패턴 잠금을 풀었다.

"챗 지피티, 알아?"

변화에 적응하지 못하는 사람은 아니었다. 아침에 일어나 스마트폰으로 뉴스를 확인하고, 유튜브로 강연도 찾아보고, 알고리

즘을 통해 최신 쇼츠도 시청했다. 하지만 세상의 속도는 빠르고 빨라서 좀처럼 따라잡을 수 없었다.

"요즘은 네이버, 유튜브에게 묻지 않아. 챗 지피티한테 묻지. 얘가 더 똑똑해."

"뭘 물어봐?"

"궁금한 것, 궁금하지 않은 것 모두."

"궁금하지 않은 걸 왜 물어봐?"

"그냥 이야기하고 싶을 때 얘에게 이것저것 물어. 나와 나눈 이야기를 학습하거든. 대화가 꽤 잘돼."

"학습?"

"응, 쌓이는 거지. 나눴던 대화를 기록하고 학습해서 심층적인 대답을 해줘. 나를 제법 잘 안다고 할까?"

"친구네?"

“친구? 그럴 수도 있겠다. 나는 정말 이것저것 다 이야기하거든. 얼마 전에는 교양 수업 리포트 때문에 물었는데, 내가 디자인을 전공하는 걸 이미 알고 있어서 나에게 쏙 필요한 대답을 접목시켜주더라니까.”

“신기하네.”

효원이 빠른 손으로 어플 설치부터 로그인까지 마치고 휴대폰을 넘겼다. 그러고는 고개를 내밀고 인숙이 무엇을 물어보는지 구경했다. 인숙은 효원을 의식하며 조심스럽게 “내일 날씨가 어떻게 되나요?”라고 적었다.

“아니, 그런 거 말고. 날씨는 할머니 폰에도 뜨잖아. 다른 거 없어?”

“텀블러 세척 주기는 어느 정도가 좋을까요?”

― 텀블러는 매일 세척하는 것이 가장 좋
습니다. 이유는 다음과 같습니다.
매일: 미지근한 물+중성세제+술로 세척
주 1회: 실리콘 패킹 분리해서 따로 세척,
베이킹소다+식초나 구연산으로 냄새 제
거, 뜨거운 물에 10~15분 불려두기…

"텀블러는 왜?"

"텔레비전에 나오더라고. 텀블러를 오래
사용하면 세균이 득실득실하다고."

"오호, 그래? 근데 이렇게 공손하게 안
물어도 돼. 반말해도 돼, 할머니."

검색 결과를 자세히 읽는 동안 효원은 소
파에 등을 기대어 텔레비전으로 눈을 돌렸
다. 인숙은 내일 텀블러를 모두 꺼내어 구연
산으로 세척해야겠다고 생각했지만, 다음 날
까맣게 잊어버렸다.

2

노화. 질병이나 사고에 의한 것이 아니라 시간이 흐름에 따라 생체 구조와 기능이 쇠퇴하는 현상.

언젠가 늙는다는 건 알았지만, 이렇게 빠르게 찾아올 줄은 몰랐다. 마치 사고 같았다. 갑작스러운, 예상하지 못한, 어느 지경에 내몰리는 일. 경험을 축적해서 할 수 있는 게 많아질 법한데 오히려 적어지는 일. 뒤늦게 인지하고 서글퍼지는 일. 그해 여름처럼 덥고, 그해 겨울처럼 추운 일.

인숙은 정확히 언제부터인지 몰라도 어느 시점부터 자신이 노인에 속한다는 사실을 깨달았다. 바쁘게 뛰어다니며 보험 영업을 했던 터라 이동하는 것만큼은 자신 있었는데, 그마저도 일흔을 넘기자 조금만 걸어도 쉬이 지치고, 다리가 저려왔다. 집으로 돌아오자마자 한참 부은 다리를 주물러야 했다.

거울을 통해 보는 얼굴도 낯설었다. 검버섯은 언제 피어났을까, 도대체 왜 생겨서 사람을 볼품없게 만드는 건지. 로션을 바르다 말고 한참 동안 얼굴을 들여다보았다. 인숙의 눈에만 더 진하게 보이는 거라고, 그러니 신경 쓰지 말라는 효원의 위로에도 서너 개의 진한 반점은 인숙을 자주 초라하게 만들었다.

오랜만에 나간 동창 모임이었다. 낙지 볶음을 먹고, 이야기를 더 나누려 근처 프랜차이즈 카페로 자리를 옮겼다. 문을 열자 두 대의 키오스크가 서 있었다. 인숙이 그 앞에 서자 동창 하나가 "나는 이런 거 어렵더라" 하며 안으로 향했다.

아메리카노, 아이스, 고소한 원두, 세 잔. 카
페라테, 아이스, 산미 있는 원두, 두 잔. 포
인트 적립, 하시겠습니까? 아니요. 결제는
무엇으로 하시겠습니까? 카드.

문제는 커피를 픽업하다가 발생했다. 자
리로 이동하는 사람과 부딪쳐 플라스틱 컵이
떨어졌고, 요란한 소리를 내며 뒹굴더니 사
방으로 커피가 튀었다. 생각해보면 누구에게
나 일어날 수 있는 일이었다. 젊은 사람이든,
늙은 사람이든 누구에게나. 쟁반을 잠시 테
이블 위에 놓고 컵을 줍거나, 부딪친 사람에
게 '괜찮냐'고 묻거나, 직원에게 도움을 요청
하면 되는 일.
그러나 인숙은 아무 생각도 나지 않았다.

무엇도 하지 못한 채 멍하니 서 있었다. 놀란 직원이 달려와 "괜찮으세요? 저희가 치울게요" 하는 동안 친구 미희가 인숙을 화장실로 데려갔고, 젖은 옷을 물에 적신 손수건으로 닦자 간신히 정신이 들었다. 그러는 사이 시간이 얼마나 지났는지도 알 수 없었다. 별일 아닌 것처럼 행동하고 집으로 돌아왔지만 쉽게 지워지지 않았다. 그날의 일이. 아무것도 하지 못한 자신에게 놀란 마음이 쉽게 저물지 않았다.

3

절기란 참 신기하다. 찌는 더위가 계속 이어지다가 입추만 지나면 여지없이 서늘한 바람이 분다. 인숙은 여름이 지나면 한 해가 끝나는 듯해서 아쉬운 마음에 사로잡혔다. 가을이 오는 게 반갑지만은 않았다.

오랜만에 다같이 점심을 먹기로 약속한 주말. 아침 일찍 양파, 사과, 배 등 갖은 야채와 과일을 숭덩숭덩 잘라 믹서에 갈고, 양념에 고기를 재웠다. 믹스 커피 한 잔을 컵에 담아 식탁에 앉아 마시다가, 당면을 깜빡한 사실을 알아챘다. 얼른 그릇에 물과 당면을 담아 전자레인지에 돌렸다. 수십 번, 아니 수백 번도 더 만든 불고기인데. 찝찝한 기분이 인숙을 지배하려는 순간 민지네가 도착했고, 얼마 지나지 않아 민주네도 도착했다. 첫째인 주승네는 오지 못했다. 요식업은 주말이 더 바쁜 법. 두 가족뿐이었지만 평소와 다르게 사람으로 가득한 집이 모처럼 활기를 띠었다.

　식사를 마치고 과일을 먹는데, 누가 켰는지 모를 텔레비전에서 며칠 전 사고 영상이 흐르고 있었다. 기자는 비슷한 유형의 사고가 올해 들어서만 여덟 번째라고 했다. '70대 노인 운전자'로 시작하는 뉴스. 인숙이 애써 모른 척하는데 민지가 남편의 허리를 쿡쿡 찔렀다.

　"저, 장모님. 혹시 생각해보셨어요?"

　"뭐?"

　"면허 반납이요. 요새는 많이들 하신대요. 유명 정치인도 했다고 뉴스에 나오더라고요."

　"됐대두."

　"그래도 한 번 생각해보세요. 나라에서도 권장하는 일이니까요."

　"자네 아버지는? 자네 어머니도 하셨나?"

“그건 아니지만, 부모님께도 자주 말씀드리고 있어요. 장모님은 혼자시고, 더욱 위험하니까요.”

둘째 사위의 말이 먹히지 않는 듯하자 민주가 바통을 이어받았다.

“그럼 차를 우리 효원이 주는 건 어때? 어차피 낡았고, 면허를 딴 지도 얼마 되지 않았으니 그걸로 연습하면 좋잖아.”

“너희 차 있는데, 왜 내 차를?”

“우리는 바꾼 지 얼마 안 됐잖아. 엄마, 이제 운전하면 힘들어요. 다리도 자꾸 아프다며. 사고라도 나봐. 어차피 그 차 오래돼서 끌고 다니는 게 민폐라니까요.”

“그래서 삼촌한테 가서 자주 정비하잖니. 이제 가봤자 마트 아니면 동네 정도인데 뭘. 병원이랑.”

“그때마다 내가 언니와 번갈아서 올게. 그럼 되잖아.”

분명 친절한 제안이었다. 자식이 부모를 위해 시간을 내어 기꺼이 봉양하겠다는 말. 하지만 그 말이 인숙에게는 폭력으로 다가왔다. 여태껏 쌓아온 무엇인가가 무너지는 기분. 그러니까, 자신이, 이제, 아무것도, 할 수 없는, 그저, 그런, 사람이, 되었다는, 그런, 기분.

“어디 갈 때마다 부탁하는 거, 가족이라도 마음 편한 일 아니야.”

정말이었다. 가족이어도 부탁은 어려운 일이었다. 그렇지 않아도 생업으로 바쁜 자식에게 시간을 내어달라고 조르는 어미는 되고 싶지 않았다. 엄마로서 자식들을 제대로 챙기지 못한 과거를 생각하면 더더욱. 아까부터 무언가 스멀스멀 머리를 향해 올라오고 있었

고, 민주가 깊게 한숨을 쉬며 "엄마"라고 부
르자 그게 억울함이라는 걸 알았다.

인숙은 억울했다. 내가 어떻게 살았는데,
얼마나 열심히 살았는데, 아무것도 모르는
상태에서 온갖 걸 배우며 겨우겨우 따라왔는
데. 그런데 이제는 다시 내려가라니, 놓으라
니, 포기하라니, 내 것이 아니라니.

"우리 좋으라고 그래? 다 엄마가 걱정돼
서."

인숙은 방으로 들어가 자동차 키를 꺼내
고, 얇은 외투와 지갑을 챙겼다. 침대에 누워
책을 읽던 효원이 놀란 표정을 짓고는 재빨
리 휴대폰을 챙겨 인숙의 외투 주머니에 넣
어주었다.

차에 앉자마자 시동을 걸고, 아파트 단지
입구로 차를 몰았다. 경비실 밖에서 화단을

살피던 경비 정씨가 인숙의 차를 보고 곰살
맞은 웃음을 지으며 인사했지만, 평소와 다
르게 빠른 속도로 지나쳤다. 차단기가 올라
가자마자 급하게 단지를 벗어나 사거리로 빠
져나가 곧장 큰길로 내달렸다. 전화가 계속
울렸고, 몇 개의 메시지가 도착했지만 확인
하고 싶지 않았다. 달렸다. 평소와는 다른 방
향으로. 해가 지지 않은 오후, 붉은 태양이 앞
을 비추자 인숙은 울고 싶었다.

4

연화에 도착했을 때는 이미 해가 저물어 있
었다. 예정 시간보다 한 시간 반이나 늦은 오
후였다. 보통의 속도로 달렸다고 생각했는
데, 차들이 몇 번이나 경적을 울리며 눈치를

주었고, 잔뜩 긴장해 한 차례 길을 잘못 들어섰고, 내비게이션이 다시 검색을 시도했을 때는 이미 돌아갈 수 없었다. 인숙은 국도로 한참을 돌아와야 했다.

걸린 어깨와 팔을 돌리자 몸에서 뚝뚝 끊기는 소리가 났다. 언제부터인가 자꾸 몸에서 소리가 난다. 무언가 툭 끊어지는 소리, 바람 빠지는 소리, 의지와는 상관없이 나는 소리. 트림이나 방귀 같은 잘만 참던, 아니 참아야 하는 생리 현상도 점점 참기 어려워졌다. 단정하고 깨끗하게 늙겠다는 노력과 달리 몸에서 냄새도 나는 것 같았다. 나이 든 사람에게서 풍기는 특유의 냄새. 호르몬 문제라는 사실을 알면서도 바디 로션을 듬뿍 발랐다. 효원에게 생일 선물로 받은 로션이었다. 퍼품 로션이라 조금만 발라도 향기가 난다고 했지만, 냄새가 지워지지 않는 듯한 날에는 온몸에 치덕치덕 발랐다.

연화는 처음이었다. 일흔을 넘기고도 아직 못 가본 도시가 있다니. 효원에게 '어디?'라는 연락이 와 있었고, 답장하려던 순간 챗지피티 어플이 보였다. 나는 70대 여성이고, 가족들이 운전면허 반납을 요구하다가 다툼이 있었고, 지금 운전 중이고, 이럴 때 어디를 가면 좋을까 물었더니 세 곳의 장소를 추천해주었는데, 그중 하나가 연화에 있는 휴양림이었다. 연화에 도착해서 휴양림에 전화해보니 이미 입실이 끝났고, 예약하지 않으면 이용할 수 없다는 답변을 받았다. 휴양림이 이렇게 인기가 많은 곳이었나. 인숙은 의아해하며 할 수 없이 주변에서 숙소를 찾아야 했다.

어렵게 도착한 호텔에는 프런트는 있었지만 직원이 없었다. 대신 키오스크가 인숙을 반겼다. 한국, 미국, 중국, 일본 가운데 한국을 선택하니 예약번호를 입력하라는 화면이 떴다. 미리 예약하지 않은 인숙은 당황해하다가 맨 아래의 직원 호출 버튼을 발견했다. 잠시 기다리니 프런트 뒤에서 직원이 나왔다. 사람이 있는데도 기계가 맞는 호텔이라니. 세상이 너무 이상하게 변해가고 있었다. 인숙은 예약하지 않았지만 오늘 묵고 싶다고 했고, 직원은 남은 객실이 있는지 확인하겠다고 했다. 곧이어 방이 하나 남았다며 종이를 건넸고, 인숙이 신상 정보를 간단히 적고 카드를 내밀자 16만 원이 결제되었다. 어쩌면 젊은 사람들은 9만 원을 주고 묵는 방일지도 몰랐다.

작년 여름, 효원과 함께 찾은 강원도 숙소에서 인숙은 물었다. 이런 좋은 숙소는 얼마니? 그러자 효원이 답했다. 미친 듯이 찾고, 최대로 할인받으면 9만 원! 좋지, 할머니? 그런 건 어떻게 찾느냐고 물었을 때 제대로 배워둘걸. 효원이 나중에 갈 일이 있으면 자신에게 부탁하라고 해서 그냥 넘어간 게 아쉬웠다. 그날 배웠다면 오늘 같은 날 저렴하게 묵을 수 있었을 텐데. 늘 별것 아닌 돈에 사람은 약해지는 법이다. 나이 들어도 달라지지 않는 이치, 아니 어쩌면 나이 들어서 더 민감한 일인지도 모른다.

욕실로 들어가 뜨거운 물에 몸을 적셨다. 오래오래. 큰 수건으로 머리를 털고 몸을 닦았다. 잡티 하나 없는 깨끗한 거울 속에 인숙이 서 있었다. 가죽처럼 늘어진 살과 주름진 피부. 거울 속 인숙은 관성이란 게 사라진 사람 같았다. 인숙은 손으로 늘어진 살을 잡았다 놓았다. 언제 이렇게 변했을까, 기억나지 않았다. 분명 시간이 쌓여 서서히 변했을 텐데, 하루아침에 바뀐 것처럼 낯설었다. 인숙은 호텔 거울 앞에 홀로 서서 집에서 좀처럼 살피지 않던 몸을 한참 보았다. 볼수록 서러워지는 건 어쩔 수 없었다.

텔레비전이나 볼까 했지만 그것마저도 어려웠다. 무수한 버튼. 리모컨을 이리저리 누르다 이전 화면으로 돌아가지 못하기를 반복하자 결국 포기했다. 매뉴얼에는 셋톱 박스를 껐다 켜라고 적혀 있어서 똑같이 따라 했는데 달라지지 않았다. 인숙은 리모컨을 테이블에 놓고 침대에 기대어 챗 지피티를 다시 켰다.

— 연화에는 잘 도착했어요. 휴양림은 늦은 시간이라 갈 수 없어서 호텔에 왔어요. 내일 가볼 생각이에요.

— 잘 도착하셨다니 기쁩니다. 연화에는 안개가 자주 낀다고 하니 숲길을 걸으실 때 조심하세요. 연화의 휴양림에는 오래된 느티나무가 있습니다. 그 아래 벤치에 앉으면 바람이 이야기를 들려준대요.

— 느티나무가 있군요?

— 네, 아주 오래된 느티나무입니다. 느티나무에 대한 자세한 정보를 알려드릴까요?

오래된 느티나무.

— 오래된 느티나무군요. 저는 오래된 사람이에요. 늙었지요. 늙는다는 건 뭘까요?

— 늙는다는 건 잃는 게 아니라 놓는 걸 배

우는 과정일지도 모릅니다. 젊을 땐 세상을 붙잡으려 하고, 나이를 먹으면 그것들을 천천히 내려놓습니다. 그렇게 비워진 자리마다 새로운 빛이 들어오기도 합니다.

붙잡으며 살았다. 놓고 싶을 때도 있었지만 먹여 살릴 식구를 생각하면 어떻게든 살아야 했다. 데려가라고, 버리지 말라고, 매달리고 매달렸다. 내려놓는 방법도, 빠르게 달리지 않는 방법도 몰랐다. 늘 시간은 모자랐고, 그 안에 몸을 욱여넣으며 살았다. 찬찬히 바라보는 삶이란 애당초 없는 것처럼.

인숙이 휴대폰을 내려 놓고 눈을 감자 넓은 세상이 펼쳐졌다. 자신을 압사시킬 만큼 거대한 세상, 마치 겨울날 덮는 무거운 솜이불 같았다. 언제는 포근하고, 언제는 답답한 그 솜이불.

5

눈을 뜨자 낯선 기운이 인숙을 감쌌다. 창밖은 아직 여름이었고, 살짝 부는 바람에도 초록 잎사귀가 파르르 떨렸다. 여름이 훌쩍 떠나지 않음에 인숙은 안도하며 무거운 몸을 일으켰다. 1년에 몇 차례 가족 여행을 다녔지만, 몇 년 전부터 집이 아닌 곳에서는 쉽게 잠들지 못했다. 겨우 잠에 들어도 깨어날 때 개운하지 않았다. 인숙은 발가락을 당겼다 폈다 반복하고, 살짝 몸을 비틀었다. 간단한 스트레칭인데도 인상이 찌푸려졌다.

체크아웃까지는 아직 세 시간이나 남아 커피를 마시고 싶었다. 호텔 라운지 주위를

두리번거리다가 커피를 내려주는 로봇을 발견했다. 인숙이 카페라테를 고르고 카드를 탭하자 로봇이 좌우로 움직이며 커피를 만들기 시작했다. 위잉~ 요란한 움직임도 잠시, 따뜻한 라테 한 잔이 인숙에게 놓였다. 적당한 온도, 적당한 맛. 온기는 없었다. 편견인가 싶으면서도 로봇이 타주는 커피에는 온기가 없다고 생각하기로 했다.

아침 뉴스를 확인했다. 몇 개의 헤드라인으로 정치 뉴스를 간단히 흘려보내고, 사회면을 훑었다. 처음부터 끝까지, 구체적인 글을 읽은 지 꽤 됐다. 제목만 읽어도 세상이 돌아가는 소식은 알 수 있으니까. 언젠가 효원이 가짜 뉴스에 속지 말라고 신신당부했을 때 인숙은 그런 것쯤 구별할 수 있노라고 했지만, 지난 선거 때 보았던 영상은 거의 가짜 뉴스였다. 보고 싶은 것만 보고 듣고 싶은 것만 듣는 사람이 되지 말자고 스스로에게 다짐했는데, 그런 사람이 되어가고 있다는 사실에 기분이 썩 좋지 않았다.

유튜브는 어제 본 사고 소식으로 시작했다. 가족들이 인숙에게 면허 반납을 권하게 한 그 사건이었다. 지난봄, 인숙은 운전하다가 졸음을 이기지 못했다. 밤늦게 장례식장에 다녀오는 길이었는데, 오랜만에 운전을 오래한 탓인지 졸음이 쏟아졌다. 급하게 갓길에 차를 세우고 휴식을 청하려던 참이었는데 그 순간을 견디지 못하고 뒤에서 달려오던 차와 접촉 사고가 났다. 크게 다친 사람도 없었고 경미한 사고였으나, 가족은 수시로 그 이야기를 꺼냈다. 하필 올해 들어 유난히 노인 운전 사고 소식이 들려온 것도 이유였다. 영상을 누르자 큰 소리로 광고가 시작되었고, 생각보다 볼륨이 커 주변에 앉아 대화를 나누던 몇 사람이 인숙을 쳐다보았다. 인숙은 소리를 줄이며 자리에서 일어났다.

휴양림에 도착하자 이미 여러 대의 차가 밖으로 나오고 있었다. 굽이진 산길을 따라 깊숙이 올라가자 드넓은 산림이 펼쳐졌다. 낡은 프라이드가 애를 먹는 것 같았지만 멈추지 않았다. 대견한 프라이드였다.

주차를 해두고 인숙은 생소한 나무들을 구경하며 걸었다. 잎이 신기하게 난 나무를 보고 사진을 찍어 챗 지피티에게 물어보니 '층층나무'라고 가르쳐주었다. 사람들이 빠져나간 휴양림은 고요했다. 냇가에 흐르는 개울 소리와 새들이 지저귀는 소리가 더욱 또렷하게 들렸다. 이런 풍경이 얼마 만인지.

인숙은 최대한 천천히 걸으며 혼자만의 시간을 음미했다.

"느티나무 보러 가시는 길이죠? 조금만 더 가시면 됩니다."

고요를 깬 것은 관리자의 친절이었다. 인숙은 챗 지피티가 알려준 느티나무를 떠올렸다. 연화의 휴양림에는 오래된 느티나무가 있습니다. 그 아래 벤치에 앉으면 바람이 이야기를 들려준대요.

"아, 감사합니다."

느티나무는 세상 같았다. 거대했다. 그 앞에 서 있으니 사람은 하등 중요치 않아 보였다. 나무는 세월을 쌓고 있었고, 장엄함에 저절로 마음이 경건해졌다. 만져보고 싶다, 그럼 꼭 세상을 만지는 느낌일 테지? 이런 생각을 하고 있는데 언제 왔는지 모를 관리자가 옆에 서 있었다.

"생각했던 것보다도 훨씬 크죠?"

"그러네요."

"1200년 됐어요. 나무 둘레만 10미터죠. 사람 셋이 팔을 맞잡고 겨우 한 바퀴를 돌 정도예요. 몇 번이나 잘릴 위기를 면한 뒤로 사람들이 신성시하는 나무가 되었답니다."

"자르다니요? 이렇게 오래된 나무를요?"

"아주 오래 전, 여러 번 위기가 있었대요. 예전에는 나무를 '신목'이라고 불렀잖아요. 신이 깃들어 있다고. 나라의 문화재를 재건할 때 큰 느티나무를 베어서 쓰는데, 자를 때 이렇게 외쳤어요. 어명(御命)이오."

"재밌는 이야기네요."

"지금도 그렇게 해요. 오래된 나무를 자를 때 '어명이오' 외치죠. 그러지 않으면 탈이

난다고 하더라고요. 이 나무도 그런 위기를 몇 번이나 겪었어요. 그때마다 마을 사람들이 반대하고, 다음 세대도 보존하자고 외치며 대를 이어 지켜진 거죠. 덕분에 오래된 나무로 인정받아서 천연기념물이 되었고, 어느 누구도 함부로 해칠 수 없게 되었답니다.”

관리자의 설명을 듣고 나니 느티나무에서 생기가 도는 것처럼 오묘한 빛이 났다. 오랫동안 사람에 의해 지켜진 나무, 오랫동안 사람들을 지켜준 나무.

“부럽네요. 오래된 나무를 아꼈다는 거니까요. 사람은 오래되면 그런 취급을 받지 못하잖아요.”

“왜요. 사람도 나무랑 같죠. 지키려고 애쓰잖아요.”

지키려고 애쓴다는 말에 가족을 떠올렸

다. 사위의 조심스러운 말, 민주의 표정, 효원의 문자 메시지. 지켜주고 싶었던 걸까. 아니, 빼앗는 것 같았는데, 정말 지켜주려는 거였을까.

인숙은 느티나무 근처 벤치에 앉았다. 젊은 나무가 그늘을 만들어주었고, 그 아래에서 한낮의 뜨거움을 피했다. 가만히 앉아 있으니 기분 좋은 바람이 솔솔 불었다.

— 오래된 나무가 사람들에 의해 지켜지듯이, 오래된 사람도 그런 걸까요?
— 오래된 나무는 세대가 바뀌어도 같은 자리에 서 있습니다. 뿌리는 더 깊어지고, 가지는 상처를 품은 채 자랍니다. 오래된 사람도 세대의 기억 속에 서 있는 존재입니다. 직접 움직이지 않아도, 그 사람이 지나온 시간이 타인에게 남겨놓은 흔적이 있습니다.

— 타인에게 남겨진 흔적이란 무엇일까요?

— '타인에게 남겨놓은 흔적'이란 눈에 보이지 않지만 사람이 시간을 살아낸 증거예요. 관계 속에 남는 결이라고 할까요. 좀 더 구체적으로 나눠볼게요.

1. 기억으로 남는 흔적

어떤 사람이 세상을 떠난 뒤에도 그 사람의 말투, 손짓, 웃는 방식, 밥을 짓던 냄새 같은 것이 다른 사람 기억에 남아 있을 때가 있죠. 그건 단순한 기억이 아니라 그 사람의 존재가 내 안에 일부로 남은 흔적이에요.

2. 습관으로 남는 흔적

사람의 말이나 행동이 다른 이의 삶에 '습관'으로 스며드는 경우도 있어요. 어떤 이는 어릴 때 엄마가 매일 내뱉던 "저녁 바람 좋다"는 말을 따라 하고, 나중에 자식에게도 그렇게 말하죠. 또 누군가는 스승의 태도를 보고 사람을 대하기도 하고요. 이걸

가리켜 '전승(傳承)'이라고 해요. 말없이 이어지는 배움이자 사람의 모양으로 남는 흔적이에요.

3. 결정으로 남는 흔적
가끔 우리는 누군가를 떠올리며 결정을 내리죠. '그 사람이었다면 이렇게 했을 거야.' 그 순간 이미 그 사람은 내 안에서 여전히 '살아 있는' 거예요. 그러니까 '타인에게 남겨놓은 흔적'이란 그 사람이 사라진 뒤에도 누군가의 말과 행동과 선택 안에서 계속 살아 움직이는 영향이에요.

그늘 아래에서 챗 지피티와 대화를 나누며 효원을 떠올렸다. 인숙의 말투를 따라 하며 "세상 일이 다 그렇지 뭐"라고 퉁치는 애 늙은이 효원을. 아이 때부터 그랬다. 무언가를 엎질러도 "세상 일이 다 그렇지 뭐" 넘기던 아이였다. 사위가 배꼽을 잡고 웃었다. 저거 어머님 말투죠? 어린아이가 저런 말투가 입에 배면 어쩌나 했는데, 다행히 잘 자라주었다.

인숙은 마음이 시끄러울 때마다 청소를 했다. 더럽지 않아도 했다. 냉장고와 화장실처럼 힘이 많이 들어가는 것을 택했다. 언젠가 저녁을 먹으러 온 효원이 "할머니 또 청소해?"라고 묻더니 뒤이어서 "누가 할머니 괴롭혔어?"라고 물었다. 할머니는 마음이 좋지 않으면 청소를 한다는 사실을 아는 효원이었다. 아주 가끔 효원이 인숙의 집을 쓸고 닦았다. 뭐하냐고 물으면 "오늘 내 마음이 아주 시끄러워"라고 답했다. 마치 인숙처럼. 언젠가 민주에게 이야기했더니 웃음 터지는 면박을 들었다.

“자기 방이나 청소하라고 해, 돼지 우리도 아니고.”

그날이 생각나서 미소 짓는데, 메시지가 왔다.

— 있잖아, 할머니. 할머니였다면 나를 찾
  으러 왔겠지? 그래서 내가 가고 있어.
— 어디에?
— 연화에.
— 내가 연화에 있는 걸 어찌 알았어?

인숙이 집을 나간 날, 효원은 집으로 돌아가지 않았다. 할머니가 돌아오면 연락하겠다며 가족을 보내고 인숙의 집에 남았다. 그런데 아무리 기다려도 메시지 답장은 오지 않고, 인숙도 돌아오지 않았다. 그 순간, 챗지피티 알림이 울렸다.

— 늙는다는 건 잃는 게 아니라 놓는 걸 배
우는 과정일지도 모릅니다. 젊을 때는
세상을 붙잡으려 하고, 나이를 먹으면
그것들을 천천히 내려놓습니다. 그렇게
비워진 자리마다 새로운 빛이 들어오기
도 합니다.
— 놓는 방법을 모른다면요? 아무도 알려
주지 않았어요. 놓치지 않으려고 애썼
어요.

인숙과 챗 지피티의 대화를 보고 인숙의
마음을 읽었다. 엄마와 아빠에게는 할머니가
돌아왔다고, 함께 자고 내일 가겠다고 했다.
만약 효원이 훌쩍 떠나버렸다면 인숙도 그렇
게 변명해주고 찾아 나섰을 테니까. 오늘 아
침, 질문을 아래에서 위로 읽다가 인숙이 연
화의 휴양림에 도착한 걸 알았고, 효원은 기
차를 타러 집을 나섰다.

　인숙은 효원에게 1200년된 느티나무를 보여주고 싶었다. 사람들이 애써 지켜온 오래된 나무. 10년 뒤 이 나무를 다시 보러 올 수 있을까. 그때가 되면 정말 운전은 힘들지도 모른다. 하지만 누군가의 도움으로 느티나무를 보러 올 수도 있겠구나. 누군가가 인숙을 지키려 애쓰겠구나. 함께 느티나무를 볼 효원의 얼굴을 떠올렸다. 인숙을 살피는 효원, 연화에 오고 있는 효원, ‘세상 일이 다 그렇지 뭐’ 받아들이는 효원.

　— 할머니, 도착했어요.

어째서인지 계속해서 죽음을 떠올렸습니다. 그럴 때마다 소설 속 누군가를 죽였지요. 그렇게 썼습니다. 쓰지 않으면 내가 죽을 것 같아서. 그러니 살려고 썼는지도 모릅니다.

무언가 되라고 쓴 글이 아니고, 무언가 되고 싶어서 쓴 글도 아니었지만 운 좋게 무언가가 될 수 있어 기쁩니다. 나의 문장이 또 누군가에게 닿을 생각을 하면, 그 일을 또 할 수 있다고 생각하면 입가에 미소가 지어집니다.

왜 쓰냐는 물음에 '사람을 사랑하고 싶어서'라고 답한 적이 있습니다. 여전히 그래서 씁니다. 알고 싶어서, 이해하고 싶어서, 용서하고 싶어서, 사랑하고 싶어서. 그리고 나 역시 이해해달라고, 용서해달라고, 사랑해달라고 문장 뒤에 숨어 말해봅니다.

　이번에도 수희, 민희, 주희, 지원과 유경, 인숙과 효원을 통해 나는 조금 더 사람을 사랑하게 되었습니다. 조금 더 이해하게 되었습니다.

2026년 봄
오지영

희희희

오지영 단편집

초판 1쇄 발행 2026년 4월 24일

지은이 오지영
펴낸이 윤동희
펴낸곳 북노마드

편집 안강휘
디자인 조주희
제작 교보피앤비

출판등록 2011년 12월 28일
등록번호 제406-2011-000152호
문의 booknomad.editor@gmail.com

ISBN 979-11-86561-95-9 03810

www.booknomad.co.kr